TABLEAUX

DE

L'ÉCOLE VÉNITIENNE

APPARTENANT A

M. BORDATO, DE VENISE

VENTE

Le Vendredi 28 Mars 1862, à 3 heures de relevée.

EXPOSITIONS

PARTICULIÈRE : Les Mercredi 26 et Jeudi 27 Mars 1862
PUBLIQUE : Le Vendredi 28, jour de la vente

M° DELBERGUE-CORMONT | M. Ferdinand LANEUVILLE
C^{re}-PRISEUR | EXPERT

RENOU & MAULDE

IMPRIMEURS DE LA COMPAGNIE DES COMMISSAIRES-PRISEURS

Rue de Rivoli, 141.

CATALOGUE

DES

TABLEAUX

DE

L'ÉCOLE VÉNITIENNE

Appartenant à **M. BORDATO**, de Venise

DONT LA VENTE AURA LIEU

HOTEL DES COMMISSAIRES-PRISEURS

Rue Drouot, n° 5

SALLE N° 7

Le Vendredi 28 Mars 1862, à 3 heures de relevée.

Par le ministère de Me **DELBERGUE-CORMONT**, Cre-Priseur,
rue de Provence, 8,

Assisté de M. Ferdinand **LANEUVILLE**, Expert,
rue Neuve-des-Mathurins, 73.

EXPOSITIONS 

PARTICULIÈRE : Les Mercredi 26 et Jeudi 27 Mars 1862,
de une heure à quatre heures.

PUBLIQUE : Le Vendredi 28, de une heure à trois heures.

PARIS

RENOU & MAULDE

IMPRIMEURS DE LA COMPAGNIE DES COMMISSAIRES-PRISEURS
144, rue de Rivoli.

1862

CONDITIONS DE LA VENTE

Elle sera faite au comptant.

Les Acquéreurs paieront, en sus des adjudications, CINQ pour CENT applicables aux frais de la vente.

Nous ne pouvons mieux faire que de reproduire comme avant-propos de ce Catalogue l'article écrit par M. Charles Blanc, dans la *Chronique des Arts* du lundi 15 mars.

Laneuville.

Il y a peu de jours, il est arrivé à Paris un marchand vénitien, bien connu des amateurs qui ont fait le voyage d'Italie. Il s'appelle Clemente Bordato, et il demeure à Venise au Campo San Zaccaria. Avec lui sont venus quelques tableaux de l'école vénitienne, dont quatre ou cinq sont d'une beauté peu commune et d'un grand prix. Ce sont des peintures de Squarcione, de Jean Bellin, de Giorgione, de Speranza, de Canaletto. Un de ces tableaux, le Squarcione, est surtout précieux par son antiquité et comme document archéologique devant servir à l'histoire de l'art italien; les quatre autres sont à la fois beaux et rares, c'est-à-dire doublement précieux.

Rien de plus rare, en effet, qu'une peinture authentique de Jean Bellin. Toutes les œuvres de ce grand peintre sont immobilisées dans les communautés religieuses de Venise et dans des galeries d'où elles ne sortiront plus. C'est au couvent de Sainte-Catherine qu'appartenait la Madone que nous venons de voir : elle fut peinte par Jean Bellin, selon le témoignage de Ridolfi, pour la reine Cornaro, lorsqu'elle vivait, retirée et en deuil, au château d'Asolo, qui est représenté dans le fond du paysage. Jean Bellin est un peintre religieux par excellence. Il est sérieux, ému et touchant, sans dédaigner le luxe de l'exécution. La Vierge de ce tableau est remplie d'une tristesse douce, résignée ; mais le caractère de l'Enfant Jésus est puissant et fier ; la divinité commence à se débrouiller dans ce visage d'enfant. Rien de mieux dessiné que son corps nu dont la morbidesse est parfaitement exprimée, avec une vérité qui est néanmoins subordonnée au sentiment ; la main droite est à elle seule un petit chef-d'œuvre de raccourci. Rien de plus délicat que les mains de la Vierge, mains fines et longues, mains patriciennes qui n'ont pu être ainsi modelées que par un artiste consommé dans son art. On peut voir ici qu'il n'est pas besoin, pour parler au cœur, d'un coloris austère. Sous les tons les plus riches, Jean Bellin a su cacher l'expression la plus profonde de la poésie religieuse, et ni la manière savoureuse du maître, ni l'excellence de son faire, ni la chaleur ambrée de ses tons, n'empêchent que cette poésie ne soit le côté dominant de sa peinture. Quand on a vu dans l'école vénitienne du second âge tant d'attitudes forcées, tant d'habillements de théâtre, Jean Bellin paraît encore plus grand par l'opulence discrète de sa couleur, par le silence de ses figures calmes, mélancoliques et recueillies.

Ce fut un élève de Jean Bellin, Giorgione, qui introduisit dans l'école cette agréable *pastosité* qui séduisit Jean Bellin lui-même. Le tableau que possède M. Bordato est un de ceux que Giorgione peignit dans sa jeunesse pour décorer la porte des boutiques. Il se trouvait, un siècle plus tard, chez le sénateur Gussoni, et Ridolfi en fait mention. La Madone est adorée par saint Jean, qui tient un calice, et par la Madeleine qui offre à l'enfant l'urne des parfums. Debout et entièrement nu, l'enfant se tourne vers la sainte par un mouvement qui rappelle les grandes tournures des plus grands maîtres. Toutes les figures ont un caractère original et fort, le nez court, la bouche épaisse, le menton allongé et puissant. Inutile de vanter ici la couleur; elle présente des rapports de tons imprévus et merveilleux. Avant Titien, Giorgione osait enlever le blanc décidé du linge sur des chairs basanées et d'un empâtement superbe.

A ce précieux petit tableau, un autre fait pendant pour les dimensions comme pour le sujet; c'est une Madone de Speranza, maître vicentin, élève de Mantègne, si rare que la plupart des amateurs n'ont jamais vu de ses peintures. L'exécution en est chaude et généreuse, quoique moins robuste que celle de Giorgione; mais les airs de tête ont encore plus d'originalité. Les peintres de l'école vénitienne ont trouvé autour d'eux tous les saints de leur Paradis. Le tableau est signé *Joannes Sperdtia p.*

Un maître moins rare figure dans cette petite collection, c'est Antoine Canaletto; mais on ne rencontre pas souvent des vues de Venise aussi pures, aussi bien conservées que celles-ci, ni d'une plus belle qualité. On y voit Saint-Pierre de Castello, le palais des ambassadeurs et le pont à trois arches et à deux étages appelé *Treponti*. Sur le quai se meuvent des figures charmantes, frappées de cette touche abrégée et spirituelle qui fait tout sentir sans faire tout voir. Des gondoles et des barques de pêcheurs glissent légèrement sur le canal et le font clapoter; les fabriques sont peintes d'un pinceau gras et ferme qui promène ses lumières sur les marbres et sur les pavés avec une sûreté magistrale.

Au milieu des Vénitiens figure une Vierge du Padouan Squarcione, c'est-à-dire un morceau presque introuvable.

Squarcione fut le maître de Mantègne. Ce fut lui qui le premier fit diversion à la pauvreté gothique par le goût de l'antiquité qu'il alla puiser en Grèce. Ses types ont encore quelque chose de barbare ; mais c'est un artiste d'autant plus intéressant à posséder, qu'il manque au Louvre comme dans la plupart des musées de l'Europe. Son goût naissant pour l'antique, ce goût qu'il transmit à son sublime élève, se révèle ici dans une frise en bas-relief de onze figures, qui décore la balustrade de marbre sur laquelle est posé le coussin vert de l'enfant. Squarcione peint comme un graveur, par hachures ; ses tableaux sont de la dernière rareté.

Verrons-nous enfin remonter à leur rang certains maîtres italiens qui réunirent dans leurs œuvres l'élévation du sentiment à un rendu énergique dont le réalisme du jour n'est que le côté grossier ? Déjà, du reste, une réaction légitime s'est opérée en faveur de ces grands maîtres dont la peinture, savante et sentie, a tout ensemble un corps et une âme.

Charles Blanc.

DÉSIGNATION

DES

TABLEAUX

SQUARCIONE

1 — La Vierge et l'Enfant.

Panneau très-épais. — Haut., 0 m. 56 c.; larg. 0 m. 30 c.

La Vierge tient dans ses bras l'Enfant Jésus qui dort sur un coussin, ayant un de ses doigts dans sa bouche. Le coussin est posé sur une balustrade de marbre, ornée d'une frise en bas-relief qui semble représenter un sacrifice humain; on compte dans cette frise onze figures nues, dans le goût antique; le sacrificateur est seul drapé.

Le cadre est fort ancien et fort curieux. On y voit tracés par derrière un combat de deux figures nues contre un cavalier, dessin rehaussé de blanc au pinceau. Ce tableau a été trouvé à Marostica, très-ancienne petite ville, près de Bassano.

CARPACCIO

2 — La Vierge et l'Enfant.

Haut., 0 m. 40 c.; larg., 0 m. 30 c.

Une Vierge en prière devant l'Enfant Jésus couché sur ses genoux. Elle est sur fond d'or et les draperies sont également rehaussées d'or.

Cadre gothique redoré.

VIVARINI (BARTOLOMMEO)

3 — Saint François d'Assise.

Panneau. — Haut , 0 m. 75 c.; larg., 0 m. 57 c.

Le saint est vu à mi-corps et revêtu de sa robe de moine. Il lève ses deux mains au ciel. Devant lui est une Bible ouverte. Au fond , un paysage lumineux.

Le dessin de ce tableau est expressif et sec comme celui de Mantegna. Les mains du saint sont fines, maigres, fort distinguées et d'un dessin admirable. La couleur est d'une grande intensité.

VIVARINI (ALVIZZI)

4 — Une Madone.

Panneau. — Haut , 0 m. 30 c.; long., 0 m. 20 c.

Elle est assise sur un trône avec l'Enfant. A sa droite, une religieuse est agenouillée et en adoration. Sur les appuis du trône sont posés deux petits anges.

Cadre renaissance à colonnes et à fronton brisé.

BELLIN (JEAN)

5 — La Vierge et l'Enfant.

Panneau. — Haut., 0 m. 55 c.; larg., 0 m. 41 c.

La Vierge, placée derrière une balustrade de marbre, tient l'Enfant qui est entièrement nu et qui pose le genou droit sur un petit tabouret. Il semble répondre vivement aux prières d'un personnage qu'on ne voit point et qu'il veut bénir. La Madone est vêtue d'une robe rouge sur laquelle est jeté un manteau bleu qui lui couvre la tête en forme de capuchon, mais qui laisse voir sur le front un voile plissé, blanc et transparent. Tout le haut du fond est un ciel pur; dans le bas seulement quelques nuages, et, dans le lointain, la vue d'un château bâti sur une éminence.

Ce tableau a été peint vers 1490, pour la reine de Chypre, Cathe-

rine Cornaro, lorsque, ayant abdiqué en faveur de la république de
Venise, elle se retira au château d'Asolo, qui est justement représenté dans le fond du paysage. La reine Cornaro en fit présent à
une de ses demoiselles d'honneur qui, s'étant mariée à Trévise
avec un gentilhomme de la famille Avogara, y transporta le tableau.

C'est ce qui résulte du témoignage de Ridolfi, qui écrivait, en
1642, dans la biographie de Jean Bellin : « *Fece ancora alla regina
Catarina Cornara una imagine della Vergine, della quale fece dono
ad una sua damizella, che fu accasata in Trevizi in casa Avogara,
ove ancor si conserva.* »

Plus tard, la Madone de Jean Bellin devint la propriété du couvent de sainte Catherine, à Venise, et fut mentionnée par Zanetti
dans la *Pittura veneziana;* ensuite elle disparut à une époque de
troubles : enfin elle tomba en la possession du comte Barbieri de
Vicence, qui eut à subir de longues contestations de la part des religieuses de sainte Catherine, et qui finalement gagna son procès.

Telle est la provenance authentique, et bien connue à Venise, de
cette précieuse et admirable peinture, qui a été gravée par But-
tazzon.

Quelques parties, particulièrement la jambe droite de l'enfant,
ont été très-habilement restaurées, comme il arrive presque tou-
jours dans des tableaux d'une telle ancienneté.

Le cadre est une architecture à colonnes, style renaissance, qui,
par sa dorure trop brillante, nuit à l'effet du tableau.

CIMA DA CONEGLIANO

6 — Le Baptême de Jésus.

Toile. — Haut., 0 m. 85 c.; larg., 0 m. 66 c.

Le Christ est debout sur un rocher qui sort du Jourdain; il tient
les mains jointes et reçoit le baptême de la main de Jean Baptiste.
Sur le devant on voit un homme nu qui se lave dans les eaux du
fleuve. En haut apparaît Dieu le père. Tout le fond est un superbe
paysage, montueux et rocheux, représentant les collines et le château de Conegliano, avec quelques figures. Le dessin de ce tableau
se ressent encore de la manière sèche du XVe siècle, mais il a
beaucoup d'élégance dans les figures et beaucoup d'expression dans
les têtes. La couleur est chaude et toute vénitienne, surtout dans le
paysage, qui est d'une grande beauté.

GIORGION

7 — La Vierge et l'Enfant, avec saint Jean et la Madeleine.

Panneau. — Haut., 0 m. 40 c.; larg., 0 m. 53 c.

La Vierge assise tient de ses deux mains l'Enfant, qui est debout sur le genou gauche de sa mère. Il regarde du côté de la Madeleine qui lui offre un vase de nard, et qui est placée à la droite du spectateur. A la gauche, saint Jean tient un calice d'où s'est échappé un serpent.

Ce tableau, d'une couleur superbe et d'un caractère saisissant, est peint dans cette belle manière que les Italiens appellent *gustosa*, savoureuse, et qui fut imitée par Titien et le vieux Jean Bellin lui-même. Les personnages sont vus jusqu'aux genoux, à l'exception de l'Enfant Jésus, dont la figure est entière.

Ridolfi fait mention de ce rare morceau pour l'avoir vu dans le cabinet du sénateur Vincenzo Gussoni.

SPERANZA

8 — La Vierge et l'Enfant, avec saint Jean-Baptiste et sainte Catherine.

Panneau. — Haut., 0 m. 40 c.; larg., 0 m. 50 c.

La Vierge tient de ses deux mains l'Enfant Jésus qui est assis sur le genou gauche de sa mère. Elle est vêtue d'une robe rouge, avec un manteau vert. L'enfant, habillé d'une robe brodée d'or, regarde saint Jean Baptiste, qui est vêtu d'une tunique grossière et qui tient une croix avec la banderole : *Ecce agnus Dei.* Du côté opposé, sainte Catherine appuye sa main sur la roue de son martyre. Les deux saints sont évidemment les portraits des donateurs.

Ce tableau, presque aussi beau de couleur que le Giorgion, se trouve lui faire pendant; les figures en sont également vues jusqu'aux genoux. On lit dans le fond : *Joannes Sperâtia p.*

Les bordures pareilles, qui encadrent ce tableau et le précédent, sont du xvi⁰ siècle, et seraient d'un excellent effet si on n'avait eu la malheureuse idée de les faire dorer à neuf. Le temps réparera cette faute.

TITIEN

9 — La Vierge au Chapelet.

Haut., 1 m. 29 c.; larg., 0 m. 90 c.

La Vierge, de grandeur naturelle, est assise sur un trône. D'une main, elle montre un chapelet, de l'autre elle tient l'Enfant Jésus, qui est assis sur un des genoux de sa mère, et qui a aussi un chapelet dans la main.

Ce tableau, provenant de la maison Contarini, est d'un ton très-riche ; mais il a beaucoup souffert en quelques parties, notamment dans la figure de l'enfant, qui est entièrement et assez habilement repeinte. La Vierge est encore belle et le fond de paysage d'une admirable couleur.

Quant au cadre, c'est un véritable édifice. Il se compose de grands rinceaux sculptés à plein bois, avec une hardiesse étonnante, et reliés par un ruban. Dans ces feuillages se jouent quatre enfants qui tiennent des instruments de musique. Il faut toute la chaleur d'une peinture encore titianesque pour résister à l'éclat extraordinaire de ce cadre flamboyant.

PORDENONE

10 — La Vierge et l'Enfant.

Panneau. — Haut., 0 m. 55 c.; larg., 0 m. 35 c.

La Madone tient de ses deux mains l'Enfant Jésus, qui tourne la tête avec grâce et qui est peint à merveille. Une des mains de la Vierge est charmante ; l'autre est déparée par une restauration maladroite, mais facile à enlever. Le groupe se détache sur un beau fond de paysage, à demi caché par une tenture d'un vert sombre, suspendue à une branche d'arbre.

Ce tableau est dans un riche cadre à pilastres et à colonnes cannelées, avec un fronton brisé et deux anges.

CANAL (ANTOINE), DIT CANALETTO

11 — Vue de Venise.

Toile. — Haut., 0 m. 54 c.; larg., 0 m. 77 c.

Cette vue est prise dans le **Canareggio**. A droite s'élève l'église de Saint-Pierre de Castello; puis vient l'ancien palais des ambassadeurs. Au milieu du tableau coule un canal sur lequel passent des barques de pêcheurs, et qui est coupé par un pont à trois arches. Tout à la gauche, un vieux pont de bois joint l'île de Castello à la ville de Venise. Les figures sont nombreuses, très-animées et très-spirituellement peintes.

Le tableau est intact et de première qualité.

TEMPESTA

12 — Marine.

Haut., 0 m. 70 c.; larg., 0 m. 80 c.

Petit port de mer vu au clair de lune. Sur le devant de grands arbres et quelques figures, dont une à cheval; à gauche, des bâtiments en ruine; au milieu du tableau, une grande barque chargée de monde.

Cette marine est traitée en décoration, d'un pinceau très-facile, très-libre et très-large. La touche en est vigoureuse; les nuages sont tournés en fumée épaisse, comme le maître avait l'habitude de les peindre.

ÉCOLE VÉNITIENNE

13 — Annonciation.

La Vierge à genoux devant un prie-Dieu se retourne vers l'ange qui est à genoux sur un nuage. Au-dessus brille une gloire; au fond, à travers une fenêtre, on aperçoit un paysage.

ÉCOLE DE FERRARE

14 — Une Vierge avec l'Enfant.

Renou et Maulde, imprimeur de la Compagnie des Commissaires-Priseurs rue de Rivoli, 144.   10763